Education européenne

FichesdeLecture.com

Education européenne
(Fiche de lecture)

I. BIOGRAPHIE DE L'AUTEUR

Le véritable nom de Romain Gary est Romain Kacew et il est né en 1914 à Moscou. Il est surtout élevé par sa mère et arrive à Nice en 1928. Il fait des études de droit, s'engage dans l'aviation et rejoint le général de Gaulle à Londres en 1940. Son premier roman date de 1945 et s'intitule « L'éducation européenne » Il entame aussi une carrière diplomatique que le fera vivre à La Paz, Sofia, Los Angeles et New York. En 1956, il obtient le prix Goncourt pour « Les racines du ciel » Il épouse la jeune actrice Jean Seberg et écrit des scénarios. Il quitte définitivement la diplomatie et écrit « Les oiseaux vont mourir au Pérou » avant de se lancer dans « La comédie américaine » et « Frère océan »

Mais Jean Seberg se suicide en 1970 et cela fera un terrible choc à Romain Gary. Il publiera encore « Clair de femme », « Les cerfs-volants » et « Au-delà de cette limite votre ticket n'est plus valable »

Tenté de voir si son succès ne tient pas davantage à son nom qu'à ses œuvres, il publie « La vie devant soi », « Gros câlins » et « L'angoisse du roi Salomon » sous le pseudonyme d'Émile Ajar. « La vie devant soi » lui vaudra un second Goncourt en 1975 mais sans que l'on sache qu'il en est l'auteur.

Romain Gary se suicide à son tour, à Paris, en 1980.

II. RÉSUMÉ

La forêt polonaise en 1941. Le docteur Twardowski installe son fils dans une cachette qu'il a creusée dans le sol. On y trouve un matelas, quelques provisions et de quoi faire un feu pour se chauffer un minimum et cuire quelques patates. Il devra retourner à Wilno pour y retrouver sa femme et insiste très fort auprès de Janek, quinze ans, pour qu'il ne sorte pas de sa cachette. Il reviendra à deux reprises, puis ne reviendra plus. Affamé et désespéré de rester seul, Janek sort de son trou. Ce qu'il ne sait pas, c'est qu'un régiment de la division SS « Das Reich » est arrivé en ville. Des soldats ont enlevé les plus jeunes et jolies femmes, dont la mère de Janek. Celles-ci serviront à satisfaire les plaisirs des officiers et soldats allemands. La tactique allemande est simple : ils savent que cet enlèvement rendra les partisans fous de rage, qu'ils sortiront de leur forêt et qu'ils feront tout pour tenter de les sauver. Ainsi, ils seront abattus comme des lapins.

Janek va rencontrer différents groupes de partisans et le premier sera celui qui compte parmi ses hommes un homme d'origine ukrainienne, l'ex-caporal Krylenko, d'origine ukrainienne. Nous comprenons de suite que les premiers ennemis du partisan sont le froid et la fin. En effet, ils ne tentent des coups de main que dans la mesure où ils sont bien renseignés sur les effectifs qu'ils auront à affronter ou alors que l'enjeu en vaille vraiment la peine. Ils obtiennent leurs renseignements surtout grâce à des éléments féminins. Ces jeunes femmes se donnent aux soldats ennemis et ceux-ci parlent facilement sans bien se rendre compte des renseignements qu'ils donnent. Une de ces jeunes femmes n'a que seize ans et s'appelle Zoska. Elle travaille pour le groupe dans lequel est Janek. Elle est attirée par le jeune garçon, comme lui l'est par elle. Elle lui confie que tout cela n'est pas trop grave. Au début cela lui faisait très mal, mais par la suite elle s'est habituée, il lui suffit de penser à autre chose. C'est grâce à elle que les partisans vont arriver à détruire un important convoi de nourriture et de munitions destinées au ravitaillement des combattants de Stalingrad.

Entre-temps, nous apprendrons que le docteur Twardowski était arrivé à entrer dans le cantonnement du régiment « Das Reich » sous couvert de sa qualité de médecin. Sous son manteau il cachait une mitraillette et était arrivé à tuer un bon nombre de soldats qui faisaient la file devant la pièce où les femmes étaient enfermées avant que d'être abattu lui-même. Janek, lui, espère toujours revoir un jour ses parents.

Janek va tomber éperdument amoureux de Zoska qui le lui rendra bien. Aussi va-t-elle dorénavant refuser d'aider les partisans en couchant avec l'ennemi. Mais Janek va également rencontrer sans sa forêt d'autres êtres passionnants. À commencer par le vieux Krylenko qui n'est autre que le père du fameux général soviétique du même nom. Il ne veut même plus entendre prononcer le nom de son fils qui est devenu général de l'armée soviétique, a été décoré de l'ordre de Lénine et a été nommé « Héros de l'Union soviétique » pour son action lors du siège de Stalingrad. Tout cela parce que, un jour qu'il était entré dans sa tente, il avait vu un plan sur lequel son fils avait indiqué qu'il était nécessaire de procéder à une retraite et que, ce faisant, il allait abandonner le village familial aux Allemands.

Le second est un jeune partisan polonais, étudiant en lettres, qui dirige tout un petit groupe. Ils deviendront de grands amis et Dobranski mourra dans ses bras. Janek adore l'écouter lire, le soir à la veillée, le livre qu'il est occupé à écrire. Celui-ci a pour thème l'Europe de demain, celle dans laquelle tous les peuples seront amis. Ils vivront en paix une nouvelle ère de culture pour tous et même les Allemands n'auront plus aucune envie de se comporter comme ils le font sous le régime d'un Adolf Hitler et sa clique. Mais, si Yanek se laisse bercer par les phrases et les idées, il n'arrive pas à croire cela possible. Il se laisse bercer comme il le faisait par une musique jouée par une jeune femme au piano. Elle le faisait même pleurer, mais quelques semaines plus tard, il l'avait vue pendue à un luminaire en compagnie de son amant.

Janek va faire en sorte de devenir copain avec un groupe de jeunes soldats allemands qui montent la garde dans un baraquement de la forêt. Avec eux, il va apprendre à patiner sur la glace et fera même quelques bons repas. Jusqu'au jour où il arrivera à coller un paquet d'explosifs contre la baraque et la fera sauter, tuant ses occupants. Une scène terrible est celle durant laquelle il va tourner autour d'un des rares rescapés de l'explosion avec son revolver à la main. Ses cercles se rapprocheront de plus en plus de lui et il comprendra le sort que Janek lui réserve. Il ira jusqu'à attendre, la tête baissée et sans bouger, la balle fatidique qu'il sait que Janek va tirer. Enfin Janek aura tué un Allemand, il se sentit enfin un homme, mais s'en remettra difficilement !

Janek n'espère plus retrouver son père ou sa mère, dont il n'a plus eu la moindre nouvelle depuis toutes ces années.

À la fin du livre nous retrouvons Janek qui se promène là où il a enterré son ami Dobranski. Il est marié avec Zoska et a un fils.

III. LE CONTEXTE

Nous sommes à la fin de l'année 1941 et l'Allemagne a déjà attaqué l'Union soviétique. Parmi les nombreux partisans il en est plusieurs qui sont profondément communistes, mais ils sont loin d'être approuvés par tous.

On sent que la Russie aussi est un ennemi héréditaire pour les Polonais. Il n'empêche qu'ils seront tous suspendus aux nouvelles concernant la bataille de Stalingrad, car ils sentent que là pourrait se trouver un tournant de la guerre. La vie est terrible dans le maquis pour les partisans et les Allemands ne se gênent pas pour organiser de sanglantes représailles parmi les civils. S'il y a des résistants, il y a aussi une population paysanne qui collabore en nourrissant l'ennemi et elle y gagne pas mal d'argent. Ces gens tentent de composer avec les deux parties et les partisans savent qu'ils doivent s'en méfier. Le gros des membres de la résistance est là pour se venger de la disparition des leurs, mais il en est aussi un certain nombre qui sont des étudiants, des intellectuels, qui eux sont là par pur idéalisme.

IV. LES PRINCIPAUX PERSONNAGES

Janek

Au début du livre c'est encore un jeune gamin qui lit des histoires d'Indiens. Il a terriblement peur de perdre son père et, presque tout au long du livre, il va rester convaincu que celui-ci est toujours en vie et dirige un autre groupe de partisans. Ce qu'il vit et ceux qu'il rencontre vont l'aider à vieillir. Il apprend beaucoup et son admiration pour certains de ceux qu'il rencontre ne l'empêche en rien de se faire ses propres convictions. Il hait l'ennemi et ne voit pas comment il pourrait lui pardonner plus tard. C'est en cela que la fameuse Europe de son ami Dobranski lui semble bien utopique. Après tout, l'histoire de cette vieille Europe, outre sa culture, ses lettres, ses lieux de cultes, sa peinture, sa grande musique, n'est-elle pas surtout une longue histoire de guerres et de massacres ?

Dobranski

Ce jeune étudiant garde toujours un certain recul par rapport aux événements qu'il vit. Il est humain et chaleureux. Il a aussi une certaine idée de son invulnérabilité. Écrire son livre est une sorte d'échappatoire pour lui et il est tout à fait convaincu que l'Europe de demain sera celle de la fraternité. Il n'imagine pas que des événements comme ceux qu'il vit pourraient encore se reproduire.

Zoska

Cette pauvre gamine de seize ans a perdu toute sa famille sous les coups des Allemands. Elle ne pense donc à la vengeance et c'est ainsi qu'elle arrive à se donner à eux pour en tirer de précieux renseignements. Comme elle le dit, cela n'est pas grave, c'est son corps qu'elle donne et non son esprit. Elle ne ressent rien et ne pense qu'à sa mission et aux coups que ses amis partisans pourront porter à l'ennemi.

Mais dès sa rencontre avec Janek, tout va basculer. Elle va découvrir l'amour et le fait que les rapports physiques sont autre chose que ce qu'elle a connu jusqu'ici. De ce moment, elle refusera les missions qu'on veut encore lui confier pour ne plus se consacrer qu'à lui.

Nadejda

Personnage invisible tout au long du livre, mais qui joue un rôle important. Pendant un très long moment, Janek pensera que celui-ci est, en réalité, son père. C'est le chef mythique des partisans et semble être partout à la fois. Les Allemands mobiliseront beaucoup d'hommes et feront de gros efforts pour le trouver et l'arrêter. Cela jusqu'au jour où ils comprendront que Nadejda n'existe pas et a été créé pour tenir le moral des partisans polonais bien souvent au bord de l'abandon tant le froid et la famine découragent les hommes des forêts. Ce serait lui qui, dans l'esprit des partisans, aurait provoqué la révolte des Juifs de Varsovie.

V. LES IDÉES

Romain Gary nous montre une armée d'occupation particulièrement dure et cela, surtout, quand arrive un régiment de la division SS « Das Reich »

Mais au travers du livre qu'écrit Dobranski, il nous fait comprendre qu'il faudra savoir pardonner et que tout le peuple allemand n'est pas à l'image d'Hitler et de sa clique. Il faudra savoir pardonner, car seule une Europe solidaire pourra amener une paix stable. Hitler est une chose, une idéologie de fureur et de mort, alors que le peuple allemand est autre chose.

Dobranski dit que s'il comprend le patriotisme, il ne comprend pas le nationalisme qui est une notion négative tournée vers soi. Il dit : « Le patriotisme c'est l'amour des siens. Le nationalisme, c'est la haine des autres. Il y a une grande fraternité qui se prépare dans le monde, les Allemands nous auront valu au moins ça… »

Mais Janek reste distant et après avoir tué son jeune Allemand il déclare à Dobranski : « En Europe on a les plus vieilles cathédrales, les plus vieilles et les plus célèbres Universités, les plus grandes librairies et c'est là qu'on reçoit la meilleure éducation – de tous les coins du monde, il paraît, on vient en Europe pour s'instruire. Mais à la fin, tout ce que cette fameuse éducation européenne vous apprend, c'est comment trouver le courage et de bonnes raisons, bien valables, bien propres, pour tuer un homme qui ne vous a rien fait, et qui est assis là, sur la glace, avec ses patins, en baissant la tête, et en attendant que ça vienne. »

Notre petite Europe occidentale, grâce à l'Union et à l'O.T.A.N, a bien connu la paix depuis lors, mais pouvons-nous en dire autant des pays écrasés sous la botte soviétique au lendemain de la guerre ? Pire : que devons-nous dire des populations de l'ancienne Yougoslavie, de Serbie, de Croatie, du Kosovo, de Macédoine ? Mais, au moment au Gary écrivait son livre, il ne pouvait deviner la guerre froide qui allait se développer pendant plus de quarante années et créer de telles tensions entre les pays et les peuples d'Europe de l'Est.

VI. LE STYLE ET L'AGRÉMENT DU LIVRE

Romain Gary écrit dans un style clair et dur, conforme à la dureté des situations qu'il décrit. Ceci ne l'empêche pas de nous donner plusieurs pages écrites dans une langue plus souple, plus déliée et même empreintes d'une réelle poésie. Il s'agit bien d'un premier roman, mais un premier roman d'un futur très grand écrivain.

Ce livre est passionnant à lire et l'on ne s'y ennuie pas un seul instant, ici pas de longueurs.

Dans la même collection en numérique

Les Misérables

Le messager d'Athènes

Candide

L'Etranger

Rhinocéros

Antigone

Le père Goriot

La Peste

Balzac et la petite tailleuse chinoise

Le Roi Arthur

L'Avare

Pierre et Jean

L'Homme qui a séduit le soleil

Alcools

L'Affaire Caïus

La gloire de mon père

L'Ordinatueur

Le médecin malgré lui

La rivière à l'envers - Tomek

Le Journal d'Anne Frank

Le monde perdu

Le royaume de Kensuké

Un Sac De Billes

Baby-sitter blues

Le fantôme de maître Guillemin

Trois contes

Kamo, l'agence Babel

Le Garçon en pyjama rayé

Les Contemplations

Escadrille 80

Inconnu à cette adresse

La controverse de Valladolid

Les Vilains petits canards

Une partie de campagne

Cahier d'un retour au pays natal

Dora Bruder

L'Enfant et la rivière

Moderato Cantabile

Alice au pays des merveilles

Le faucon déniché

Une vie

Chronique des Indiens Guayaki

Je voudrais que quelqu'un m'attende quelque part

La nuit de Valognes

Œdipe

Disparition Programmée

Education européenne

L'auberge rouge

L'Illiade

Le voyage de Monsieur Perrichon

Lucrèce Borgia

Paul et Virginie

Ursule Mirouët

Discours sur les fondements de l'inégalité

L'adversaire

La petite Fadette

La prochaine fois

Le blé en herbe

Le Mystère de la Chambre Jaune

Les Hauts des Hurlevent

Les perses

Mondo et autres histoires

Vingt mille lieues sous les mers

99 francs

Arria Marcella

Chante Luna

Emile, ou de l'éducation

Histoires extraordinaires

L'homme invisible

La bibliothécaire

La cicatrice

La croix des pauvres

La fille du capitaine

Le Crime de l'Orient-Express

Le Faucon malté

Le hussard sur le toit

Le Livre dont vous êtes la victime

Les cinq écus de Bretagne

No pasarán, le jeu

Quand j'avais cinq ans je m'ai tué

Si tu veux être mon amie

Tristan et Iseult

Une bouteille dans la mer de Gaza

Cent ans de solitude

Contes à l'envers

Contes et nouvelles en vers

Dalva

Jean de Florette

L'homme qui voulait être heureux

L'île mystérieuse

La Dame aux camélias

La petite sirène

La planète des singes

La Religieuse

À propos de la collection

La série FichesdeLecture.com offre des contenus éducatifs aux étudiants et aux professeurs tels que : des résumés, des analyses littéraires, des questionnaires et des commentaires sur la littérature moderne et classique. Nos documents sont prévus comme des compléments à la lecture des oeuvres originales et aide les étudiants à comprendre la littérature.

Fondé en 2001, notre site FichesdeLectures.com s'est développé très rapidement et propose désormais plus de 2500 documents directement téléchargeables en ligne, devenant ainsi le premier site d'analyses littéraires en ligne de langue française.

FichesdeLecture est partenaire du Ministère de l'Education du Luxembourg depuis 2009.

Plus d'informations sur www.fichesdelecture.com

Notes :